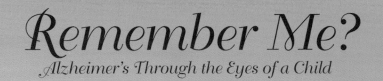

Remember Me?
Alzheimer's Through the Eyes of a Child

¿Te acuerdas de mí?
La enfermedad de Alzheimer a través de los ojos de un niño

Written by/Escrito por Sue Glass

Illustrated by/Ilustrado por W. Yunker

This book is dedicated to my Dad who lived and died with Alzheimer's and to my Mom who was always by his side.

— Sue

Publisher's Cataloging-in-Publication
(Provided by Quality Books, Inc.)

Glass, Sue.
    Remember me? : Alzheimer's through the eyes of a child / written by Sue Glass ; illustrated by W. Yunker.
-- 1st ed.
    p. cm.
    In English and Spanish.
    SUMMARY: A young girl's grandfather can't or doesn't want to remember her anymore. This upsets the girl who wonders if she did something wrong. Understanding comes after Grandfather's Alzheimer's disease is exposed.
    Audience: Ages 5-10.
      LCCN 2002109575
      ISBN 0-9720192-5-1

    1. Grandfathers--Juvenile fiction. 2. Alzheimer's disease--Juvenile fiction. [1. Grandfathers--Fiction. 2. Alzheimer's disease--Fiction.] I. Yunker, W. II. Title

PZ73.G5437 2003   [E]
        QBI33-628

Printed and manufactured in the United States of America
10 9 8 7 6 5 4 3 2 1

first edition

Remember Me?
Alzheimer's Through the Eyes of a Child

¿Te acuerdas de mí?
La enfermedad de Alzheimer a través
de los ojos de un niño

Written by/Escrito por Sue Glass

Illustrated by/Ilustrado por W. Yunker

Raven Tree Press
LLC

I spend a lot of time in my room. I don't mind because I have a lot of thinking business to do. I have to figure out why my Grandpa can't remember me. It is hard work but I know I can figure it out.

Paso mucho tiempo en mi habitación. No me importa, porque tengo mucho en qué pensar. Tengo que averiguar por qué mi abuelo no puede acordarse de mí. Es difícil pero sé que lo lograré.

I was just thinking about the Saturday that nobody had time to play with me. My Mom was getting ready for a party and my Dad had lots of work to do in the yard. I went over to my Grandpa's house. He lives next door.

Recuerdo aquel sábado en que nadie tenía tiempo para jugar conmigo. Mi mamá se estaba preparando para una fiesta y mi papá tenía mucho trabajo que hacer en el patio. Así que fui a ver a mi abuelo que vive en la casa de al lado.

He played baseball with me in the front yard. But I didn't do a very good job batting and the ball went right into Grandma and Grandpa's front window. He said it was okay, but I bet he was really mad. I think that's why he pretends that he doesn't remember me.

Jugamos a la pelota en el jardín. Pero no logré batear correctamente y la pelota se estrelló en la ventana de la casa de los abuelos. Abuelo dijo que no tenía importancia, pero apuesto a que se enojó y por eso finge no acordarse de mí.

Then there was the time that Grandpa tried to teach me how to play chess. He loved to play chess. But I said I thought that chess was boring and wouldn't play. I bet that really hurt his feelings a lot. Maybe that's why he acts like he doesn't remember me.

Una vez, abuelo intentó enseñarme a jugar al ajedrez. Le encantaba jugar al ajedrez. Pero yo le dije que el ajedrez era aburrido y que no quería jugar. Apuesto a que herí sus sentimientos. Quizás es por eso que finge no acordarse de mí.

10

Whenever I would go over to his house he would say, hey Sport, remember last summer when we used to go to the park?

Cada vez que yo iba a su casa, abuelo me decía, "Hola, pequeña, ¿recuerdas el verano pasado cuando íbamos al parque?".

Or he might say, boy last Christmas was the best Christmas ever. I got him a really special tie for that Christmas. You know, he never wears that tie anymore and all he wants to talk about is what it was like when he was in the war. I don't like hearing about the war.

O decía, "Caramba, la Navidad pasada fue la mejor Navidad de todas". Yo le regalé una corbata muy bonita esa Navidad. No la ha usado más y sólo quiere hablar de cuando la guerra. No me gusta oír hablar de la guerra.

I just don't know why he doesn't remember me?

No sé por qué no se acuerda de mí.

I decided to ask my Mom the other day if she could help me figure out my problem. But my Mom was looking out the window and she looked so sad. I bet she is really mad at me because Grandpa doesn't want to remember me.

El otro día, decidí pedirle a mi mamá que me ayudara a resolver el problema. Pero mi mamá miraba por la ventana y parecía muy triste. Apuesto a que está enojada conmigo porque abuelo no quiere acordarse de mí.

So, every day I spend a lot of time in my room just trying to figure this out.

Así que todos los días paso un rato en mi habitación tratando de averiguar qué sucede.

I'm sure if I figure it out, then everything will go back to the way it was. Everyone will be happy again, even Mom.

Estoy segura de que si lo averiguo, todo volverá a ser como antes. Todos serán felices otra vez, incluso, mamá.

This morning my Mom came into my room and asked me if something was wrong. I said no that I just had a lot of important business that I had to do in my room. My Mom asked me what kind of business and I said thinking business.

Esta mañana mamá entró en mi habitación y me preguntó si me pasaba algo. Le dije que no, que tenía cosas importantes que hacer en mi habitación. Mamá me preguntó de qué se trataba y le dije que tenía mucho en qué pensar.

She said that sometimes two people can think better than one and asked if she could help me with my thinking. I decided to tell her about my problem.

Ella dijo que a veces dos personas pueden pensar mejor que una y me preguntó si podía ayudarme a pensar. Decidí contarle mi problema.

I told her that I was trying hard to figure out why Grandpa didn't want to remember me, or at least all the fun we used to have. I told her that I was sorry for all of the mean things that I had done that made him want to forget.

Le conté que estaba intentando averiguar por qué abuelo no quería acordarse de mí, o al menos, no quería recordar cuánto nos habíamos divertido juntos. Le dije que lamentaba todas las cosas malas que había hecho y que habían provocado que él quisiera olvidarme.

24

My Mom got a kind of sad smile on her face. Her eyes even go sort of red and wet. Now I was really sorry that I had said anything at all.

Mamá sonrió con tristeza. Sus ojos estaban rojos y húmedos. Me arrepentí de haberle contado lo que me preocupaba.

My Mom started to talk to me very softly. She said that Grandpa had a disease called Alzheimer's. It wasn't that he didn't want to remember me; it was the disease that wouldn't let him remember a lot of things.

Mamá empezó a hablarme en voz baja. Dijo que abuelo tenía una enfermedad llamada Alzheimer. No es que no quisiera acordarse de mí; la enfermedad no lo dejaba recordar muchas cosas.

26

She said that Alzheimer's is a disease that makes some people seem different on the outside because they forget things and do funny things that they didn't used to do. But, she said that they are always the same people on the inside. It is just hard for them to find their inside selves and even they don't understand why. It is a problem that they are always trying to figure out, too.

Dijo que la enfermedad de Alzheimer hace que las personas luzcan diferentes porque olvidan cosas y hacen cosas que no hacían antes. Pero me dijo que siguen siendo los mismos por dentro. Sólo que es difícil para ellos recordar quiénes son y no comprenden por qué. Se pasan todo el tiempo tratando de averiguarlo.

27

My Mom said that she thought about telling me about Grandpa, but she felt that it would be too hard for me to know. I told her that knowing it is really hard, but wondering about it is much, much harder.

She said that the nicest thing that I could do for Grandpa was to be his new memory and tell him about all the things on the inside that he couldn't remember.

Mamá dijo que había pensado hablarme del abuelo antes, pero que le había parecido que iba a ser muy duro para mí saberlo. Le respondí que saber la verdad era difícil, pero estarse preguntando qué pasaba era mucho más difícil.

Mamá me dijo que lo mejor que yo podía hacer por abuelo, era ser su memoria y contarle todas las cosas que él no podía recordar.

28

So, I have a new job to do. My job is to be Grandpa's new memory. It is kind of fun because we talk about all the neat things that we have done together and I can see how happy it makes him to hear about those things.

De modo que ahora tengo un nuevo trabajo. Mi trabajo es ser la memoria de abuelo. Resulta divertido porque hablamos de cosas bonitas que hemos hecho juntos y me doy cuenta de que le hace feliz oírlas.

I know he doesn't remember them, but he believes me that they really happened. And that's enough to make him happy and me too.

Sé que no las recuerda, pero me cree cuando le digo que han sucedido. Y eso basta para que ambos seamos felices.

"Remember Me?" Glossary

English	Español
house	casa
Grandpa	Abuelo
sad	triste
mad	enojado
summer	verano
problem	problema
happy	feliz
sorry	lamentaba
disease	enfermedad
memory	memoria